Principesse Favolose

ISBN 978-88-6079-940-1

www.edizioniel.com

Silvia Roncaglia

Elena Temporin e Sara Not

Principesse Favolose

Un regno per due principesse

La principessa pirata

La principessa Ma Perché

EMME EDIZIONI

Un regno per due principesse

A tutti quelli che con me
hanno camminato nel Sahara

Tanto tempo fa, quando ancora il fiume Draa attraversava il Sahara, il sultano Moulay el Jedid regnava su quelle terre. Era lui il padrone di quel vasto deserto di sabbia e delle ricche oasi verdi e delle valli che producevano ogni ben di dio. Moulay el Jedid veniva anche chiamato «il sultano delle mille casbe», perché sulle rive del Draa sorgevano un migliaio di fortezze, rosse come la terracotta, che parevano quei castelli da fiaba che i bambini costruiscono per gioco con la sabbia.
Nella piú splendida di queste casbe viveva il sultano con le sue due amate figlie: la bella Alima e la dolce Laila. Un giorno il sultano, ormai vecchio e malato, sentendo che si stava avvicinando l'ora della sua morte, fece chiamare al capezzale le principesse.

– Alima e Laila, figlie mie, poiché mi siete ugualmente care ho deciso che alla mia morte, ormai vicina, erediterete ciascuna una metà del regno.
La giovane Laila scoppiò in lacrime. Ma Alima, la maggiore, ebbe un gesto di stizza che cercò di mascherare.
Allora il sultano aggiunse: – Mia cara Alima, lo so che sei la maggiore e che, per consuetudine, maggiore dovrebbe essere la tua eredità e la mia considerazione. Non l'ho dimenticato, e infatti sarai tu a decidere in che modo dividere il regno e a scegliere per prima la metà che ti spetta. Esegui questo compito con giustizia e generosità perché, non dimenticarlo, sono queste le qualità migliori di un re!
Furono le sue ultime parole: Moulay el Jedid chiuse gli occhi e serenamente si spense.
Ma la principessa Alima, che era egoista e ambiziosa quant'era bella, e aveva creduto e sperato di essere l'unica erede, non aveva nessuna intenzione di seguire quei saggi consigli. Cosí consultò le carte geografiche e chiamò a consiglio visir, nobili e contabili per capire quali fossero le città piú ricche e le zone piú redditizie, in modo da

poter dividere il regno a suo vantaggio. E all'improvviso, guardando quelle carte, le venne un'idea cattiva e ingiusta che le sembrò geniale. Aveva trovato il modo di ottenere ciò che desiderava, pur rispettando la volontà del padre. Fece dunque chiamare Laila per comunicarle le sue decisioni.

– Cara sorella, – cominciò con tono falsamente affettuoso, dispiegando una grande carta geografica, – ora ti mostrerò su quali terre potrai regnare. E sappi che la tua parte sarà ben piú della metà perché, come voleva nostro padre, sono stata molto generosa!

– Non ce n'era bisogno! – si schermí Laila che, benché principessa, era modesta. – Io mi contento di poco.

– E io invece, con gioia, ti concedo tanto! – disse Alima con un sorrisetto ironico. – Terrò per me solo le zone verdi e tu avrai la parte che qui, sulla carta, è dipinta di giallo.

Le zone segnate in verde corrispondevano, in effetti, a una superficie ben minore di quella vasta zona contrassegnata in giallo. Il fatto è che quell'ampia superficie gialla era il deserto, l'immenso Sahara, che era vasto, sí, ma non offriva nulla se non caldo, arsura e sabbia. Non vi cresceva niente

e non vi abitava nessuno, a parte fennec, scorpioni, cobra e vipere cornute. Il Sahara era un'interminabile distesa di dune e quando il vento l'attraversava, scatenando terribili tempeste di sabbia, diventava come un inferno bollente e irrespirabile.
Le zone verdi invece erano le oasi e le valli dei fiumi, che somigliavano a un paradiso pieno di profumi e colori, perché lí crescevano rigogliose palme da dattero e coltivazioni d'ogni tipo.
Laila, che era cosí buona da non vedere il male nemmeno negli altri, guardò Alima con stupore e si rammaricò non per se stessa ma per lei, cosí ingiusta e crudele.

– Povera sorella! – sussurrò scuotendo il capo. Alima, che si aspettava d'essere ingiuriata o implorata, a quelle parole s'infuriò:

– Povera sorella? Adesso la vedremo chi di noi due sarà povera! – E subito le venne un'altra idea cattiva. – Voglio essere ancor piú generosa! – esclamò con sarcasmo. – Non è giusto che io abbia un popolo su cui regnare e tu soltanto granelli di sabbia, serpenti e scorpioni. Sei pur sempre una principessa e devi avere dei sudditi! Potrai, anzi, dovrai portare con te tutti i poveri, i mendicanti, i malati e i diseredati. Io terrò come sudditi soltanto nobili, contabili, commercianti, artigiani e agricoltori. Non potrai lamentarti, ti concedo un sacco di gente su cui regnare! In effetti, anche allora come in ogni tempo, e anche in quel regno come in ogni luogo, i poveri erano ben piú numerosi dei ricchi. E cosí Alima si teneva ogni fonte di ricchezza, liberandosi anche del problema di dover provvedere ai sudditi piú sfortunati e bisognosi.

Ancora una volta Laila non protestò, e anzi sussurrò:
– Oh, infelice sorella!
Alima andò allora su tutte le furie e gridò: – Infelice sorella? Adesso la vedremo chi sarà infelice! Ho voluto essere generosa, ma ora metterò delle condizioni. Se tu o i tuoi uomini entrerete nel mio regno, verrete imprigionati. Ed esigo che i tuoi sudditi si dipingano la faccia di blu, cosí le mie guardie potranno riconoscerli e arrestarli. Ma perché ci sia assoluta giustizia, come voleva nostro padre, anche i miei sudditi non potranno metter piede nel tuo regno e neppure io. Se lo farò, potrai rinchiudermi nelle tue prigioni! – E Alima scoppiò a ridere poiché nel deserto non c'erano prigioni, e non vedeva alcun motivo per cui una principessa che aveva tutto dovesse recarsi in un deserto dove non c'era nulla.
Poi, stizzita perché Laila non reagiva e infastidita da quella tranquilla rassegnazione, Alima gridò: – Non hai proprio nulla da chiedermi, sorella?
– Solo due cose, – si decise allora a rispondere Laila.

Alima, soddisfatta perché finalmente Laila si umiliava a chiedere anziché compatirla, fece una risata cattiva e disse: – Ricordati, però, che puoi rivolgermi solo due richieste. Alla terza, ti farò tagliar la testa!
– Sono solo due, – assicurò Laila.
– Adesso sono due, ma attenta: se un domani dovessi presentarti davanti a me con una terza richiesta, io ti farò tagliare la testa!
– E la giustizia? – chiese Laila, alzando improvvisamente gli occhi che aveva sempre tenuto bassi.
Alima fece fatica a reggere quello sguardo e, senza troppo pensarci su, disse tutto d'un fiato:
– D'accordo, anche quest'ultima regola sarà alla pari. Avrò diritto anch'io a rivolgerti soltanto due richieste, alla terza potrai farmi tagliare la testa.
Non le piacque dire queste ultime parole e nel dirle sentí un brivido proprio dietro la nuca, come se una lama affilata vi fosse poggiata contro. Ma subito scacciò quella fastidiosa sensazione. Perché mai lei, la principessa delle oasi, avrebbe dovuto avere tre richieste

da rivolgere alla principessa del deserto? Era impossibile, non sarebbe mai accaduto.
Laila intanto segnava sulla carta alcuni puntini verdi all'interno della grande superficie gialla e disse: – Ti chiedo di lasciare alle mie genti almeno queste piccole oasi all'interno del deserto. Se non potessimo rifornirci d'acqua e abbeverare il bestiame, moriremmo tutti di fame e di sete.
– Quale bestiame? – chiese Alima sghignazzando.
– Questa è appunto la mia seconda richiesta. Voglio capre e dromedari: un animale ogni cinque uomini che verranno con me.
– Capre e dromedari? Se ti fa piacere portarti dietro questi animali che puzzano e sputano, fai pure, ti accontenterò! Quelle brutte bestiacce con la gobba sono proprio la giusta cavalcatura per la principessa degli storpi e dei gobbi! – e Alima non la finiva piú di sghignazzare, ma concesse senza difficoltà quanto richiesto.
Ciò che accadde, però, fu che questa conversazione venne ascoltata da Fatima, la governante delle due principesse, ormai vecchia e piú gobba di un dromedario.
Fatima era entrata nella stanza per servire alle principesse

il tè alla menta e, mentre lo faceva, ebbe modo di sentire tutto e si rattristò molto per la sorte della dolce Laila.

Bisogna sapere che Fatima era un po' fattucchiera, non una vera strega con grandi poteri, ma riusciva comunque a gettare il malocchio e a preparare certi intrugli che provocavano o curavano lievi malanni.

Se ne andò borbottando molto arrabbiata:
– Che ingiustizia, che crudeltà! Saprò ben vendicare io la piccola Laila! Chi è duro di cuore va ripagato con durezza! – e non la finiva piú di biascicare invettive contro la perfida Alima.
Fatima per prima cosa andò a cercare suo figlio Molud, che era cammelliere, e lo pregò di guidare nel deserto la principessa Laila e la carovana del suo popolo, di servirla

e non abbandonarla mai, e di tornare di nascosto, di tempo in tempo, a portare sue notizie.
Quindi preparò un decotto e lo mise nella tisana che ogni sera Alima beveva prima di coricarsi.
Il giorno dopo, quando la principessa Alima si alzò e mise giú i piedi dal letto, infilandoli in due babbucce di morbida pelle, sentí un dolore acuto sotto il piede destro che le fece cacciare uno strillo.

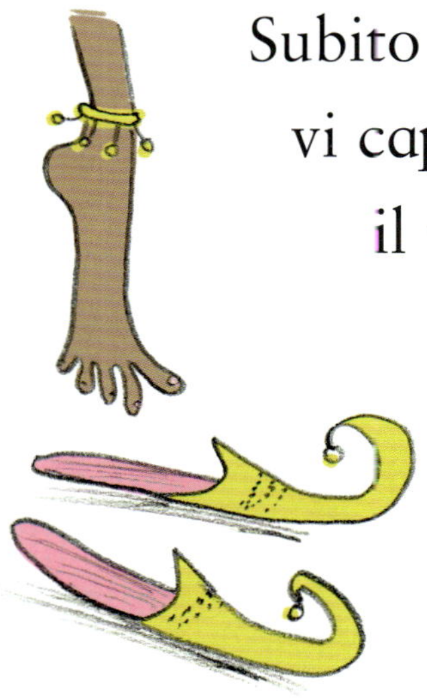

Subito si affacciò alla stanza Fatima. – Cosa vi capita, principessa? – chiese atteggiando il viso a stupore.

– Non so! Guarda tu cosa c'è in questa scarpa che mi ha ferito il piede! – ordinò Alima, scalciando lontano con mala grazia la babbuccia destra.

La vecchia governante si chinò con fatica a raccattarla e poi disse: – Non c'è nulla, sua altezza, solo la morbida suola!

La principessa, che intanto aveva riappoggiato il piede scalzo, cacciò un altro strillo: era sotto la pianta del piede ciò che le faceva male. – Cos'è? – chiese sgarbatamente Alima, ficcando il piede quasi in faccia alla povera Fatima.

La governante finse di esaminarlo con grande cura, ma sapeva benissimo cosa avrebbe trovato: una piccola gobba dura e dolente, cioè un volgare callo. Era quello il frutto della sua debole magia: un piccolo callo, ma sarebbe bastato a rendere un inferno la vita della perfida principessa.

– Cos'è, allora? – gridò Alima.

– Uhm, uhm... – fece Fatima con aria dubbiosa. – Se non foste una nobile principessa, direi che è un... ma no, non è possibile!

– Insomma, deciditi! Si può sapere cos'è?

– Se voi foste una povera raccoglitrice di datteri, di quelle che si arrampicano scalze su per i tronchi delle palme, direi che è... ma no, non è possibile! Se voi foste un pastorello, che gira a piedi nudi sui terreni pietrosi dei pascoli, allora direi che potrebbe essere di sicuro un... ma no, non è possibile!

Alima stava perdendo la sua già scarsa pazienza e si mise a strillare: – È... potrebbe essere... non è... Se non la smetti con questi indovinelli e non mi dici subito cosa credi che sia, ti farò tagliar la testa!

– Principessa, io temo molto che mi fareste tagliar la testa se dicessi cos'è, perché è un male lieve ma vergognoso, impossibile in un piede regale. Mi spiace, ma non sarò io a suggerire una diagnosi senz'altro sbagliata. Sono vecchia, gobba e orba, mi sbaglio di sicuro! Meglio consultare un medico, e che sia lui a dire di cosa si tratta.

– E sia! – acconsentí Alima. – Ma allora vai a chiamare immediatamente i medici di corte.

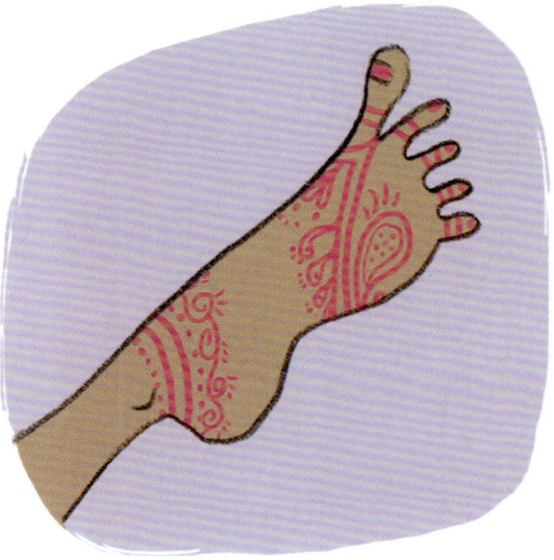

A corte vivevano i tre medici piú valenti del regno: Averroè, Sidi Yussef e Babúl dalla faccia nera come l'ebano. Ognuno di loro esaminò il piedino reale. Babúl lo guardò anche attraverso una lente d'ingrandimento. Allora Averroè, per non esser da meno, mise gli occhiali e Sidi Yussef, per fare il gradasso, esaminò il callo con un cannocchiale. Ma Sidi Yussef aveva sempre curato ricchi e nobili, e di calli in vita sua non ne aveva mai visti. Cosí disse:

– È un'escrescenza...

– ... a forma di gobba di cammello! – concluse Averroè che aveva curato sempre e solo re, e ancor meno se ne intendeva di calli.

– Mio dotto collega, mi permetta, ma lei si sbaglia confondendo, io credo, il cammello col dromedario. Il primo è dotato di due gobbe, e la gobba sul piede della principessa è una sola, come quella del dromedario!
– Però è di colore bluastro! – precisò Averroè, a cui non piaceva essere contraddetto o corretto.
Alima, a sentir parlare di gobbe, dromedari e colore blu, impallidí e pensò per un attimo, ma solo per un attimo, alla sorella. – Voglio sapere cos'è! – pretese poi, pestando in terra il piede sano.
Allora Babúl, che era sí un grande medico, ma proveniva da una famiglia povera, e di calli almeno da bambino ne aveva visti, disse: – Mi pare un callo.
– Cos'è un callo? – chiese Alima.
– Un indurimento cutaneo di forma rotonda che si forma sulla pianta dei piedi a causa di uno sfregamento forte e frequente! – recitò Babúl come un'enciclopedia.
Poi, soddisfatto di saperne di piú dei suoi dotti colleghi, continuò: – Se voi foste una povera raccoglitrice di datteri, di quelle che si arrampicano scalze su per i tronchi delle palme, o un pastorello che gira a piedi nudi sui

terreni pietrosi dei pascoli, allora un callo sarebbe una cosa normale, ma in una principessa è un fatto curioso!

– Vergognoso! – urlò Alima. – Ditemelo pure, è vergognoso perché è un male da zoticoni, un malanno volgare! – E chiamò Fatima perché le confermasse che quello era proprio ciò che non aveva osato rivelarle: un callo. Poi, cercando di calmarsi, chiese alla governante:

– Come si cura?

– Oh principessa, non mi permetterei mai, tra tali famosi professori, di suggerirle uno qualsiasi degli impiastri che usiamo noi poveretti e che, come vede, non son valsi a risparmiarmi la gobba. No, no... chieda ai dottori, è meglio!

I medici si guardarono tra loro perplessi: non avevano mai avuto occasione di curare un callo, ma non potevano ammettere la loro ignoranza.

Cosí Averroè prescrisse noce di cocco triturata, mescolata a olio di argan, da spalmare sul callo per un mese. Yussef diede alla principessa delle pastigliette da deglutire per trenta giorni, e non disse a nessuno che contenevano tra le altre cose sterco di mulo. Babúl prescrisse

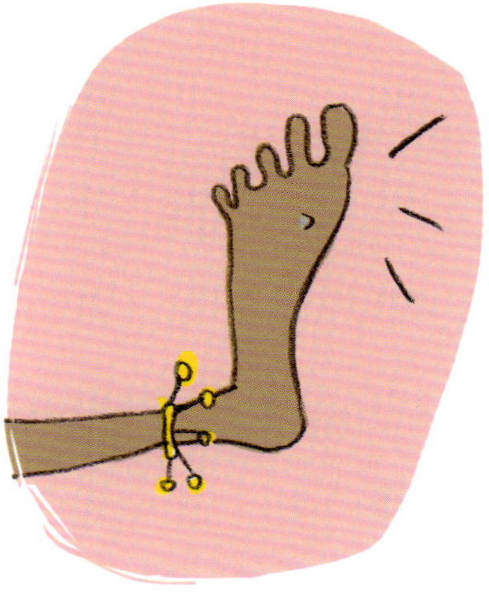

pediluvi bollenti in mosto d'uva, ogni giorno per un mese. E ognuno pretese che la sua cura non venisse seguita insieme alle altre.
Alima per il primo mese spalmò l'unguento di Averroè, ma l'unico risultato furono terribili scivoloni e rovinosi capitomboli, a causa del piede cosí unto.
Prese allora le pastiglie prescritte da Yussef ma, dopo un mese, quando rideva pareva che ragliasse come un mulo, senza peraltro aver ottenuto alcun miglioramento al piede. Infine, per un altro mese, Alima fece i pediluvi nel mosto d'uva, ma questi ebbero solo l'effetto di far diventare il callo ancora piú blu.
Insomma, non erano quelle le cure giuste.
Ma quand'anche lo fossero state, quel callo, essendo frutto di magia, non sarebbe guarito ed era anzi ben piú doloroso di un normale callo.
Nel frattempo la principessa si disperava: quando camminava zoppicava e tanto meno poteva danzare.
Si avvicinava tra l'altro la data del grande ballo di Abd

el Sarik, ricco e affascinante emiro di un regno vicino, e Alima, come molte altre principesse, era stata invitata. Si sapeva che quel ballo era stato organizzato perché l'emiro potesse scegliere la sua futura sposa e Alima sognava di essere lei la fortunata.

– Devo assolutamente guarire prima di quel ballo! – si ripeteva Alima, che non faceva che consultare nuovi medici e persino maghi e fattucchiere. Ma per quanti impiastri mettesse sul piede, per quanti intrugli ingurgitasse, niente pareva capace di mandar via quel callo.

Arrivò la data del gran ballo e la principessa Alima, non ancora guarita, vi si recò ugualmente, trasportata in portantina da paggi, e dichiarò che non avrebbe danzato perché osservava un intero anno di lutto per la morte del padre. Non appena vide Abd el Sarik, Alima se ne innamorò. Anche l'emiro rimase incantato dalla sua bellezza e la notò piú di tutte le altre principesse che danzavano proprio perché era la sola seduta in una portantina, splendida come una perla in una conchiglia.

Al termine del ballo la chiese in sposa, assicurando che avrebbe atteso il termine dell'anno di lutto.
C'era però l'usanza in quel regno che la madre dell'emiro si recasse, prima del matrimonio, ad esaminare la futura sposa, che doveva risultare perfetta sotto ogni aspetto.
Solo dopo il suo parere positivo, l'emiro avrebbe potuto sposare la prescelta.
Alima tornò nel suo regno, felicissima ma preoccupata: aveva circa otto mesi di tempo prima del matrimonio

e doveva assolutamente far sparire quel callo prima che la madre dell'emiro venisse a esaminarla. Avrebbe certo scartato una principessa con un volgare malanno da contadina!
Allora chiamò la vecchia governante e le disse: – Fatima, a niente sono serviti i rimedi di medici di fama e grandi maghi. Ho pensato che forse i poveri e i mendicanti saprebbero curar meglio il mio malanno, perché lo conoscono e ne patiscono. Chiamami a corte qualcuno di loro, cerca chi abbia avuto un callo e ne sia guarito.
Fatima ridacchiò sotto i baffi e disse: – Questo è vero senz'altro, mia principessa, ma vi devo ricordare che tutti i poveretti sono ormai uomini blu, banditi da corte, sudditi di vostra sorella e nomadi del deserto!
Alima si morse le labbra contrariata. Poi le venne un'idea: – Non è forse vostro figlio uno di questi uomini partiti con mia sorella?
– Sí, principessa!
– Mandatelo dunque a chiamare! Fatelo tornare a corte, non gli verrà torto un capello, ma dovrà portarmi notizie su come poter curare questo callo.

La vecchia Fatima acconsentí e si allontanò sfregandosi le mani dalla contentezza: le cose andavano proprio come si era augurata.
Lasciò passare ancora diversi mesi, perché Alima diventasse ancor piú impaziente, e intanto mise a punto il suo piano insieme al figlio, che sempre le portava notizie della principessa Laila.
Infine, quando mancava ormai poco tempo all'arrivo della madre dell'emiro, si presentò ad Alima: – È stato lungo e difficoltoso rintracciare mio figlio nel vasto deserto, ma finalmente Molud è qui.
Alima lo convocò e si guardò bene dal chiedergli notizie della sorella. Subito invece gli disse: – Voi poveracci, che poggiate i piedi sulla sabbia bollente e vi arrampicate scalzi sulle palme, certo saprete cos'è un callo. Sapete anche come curarlo?
– Nessuno tra gli uomini blu soffre di quest'increscioso fastidio, principessa.
– Come mai? – si stupí Alima.
– Da quando nel deserto vive quella che noi chiamiamo «la saggia del Sahara», è diventato facile curare questo guaio.

– E chi sarebbe questa saggia e come fa a curare i calli?
– È una specie di fattucchiera, esperta in erbe e rimedi d'ogni tipo. Col succo di una pianta, che solo lei conosce, cura in un attimo i calli. Ma non posso portarvi questo rimedio, la saggia lo concede solo a chi va a chiederglielo di persona.
– Conducetemi dunque da lei! – ordinò la principessa. Poi le venne in mente che non poteva entrare nel deserto perché, per sua stessa decisione, sarebbe stata arrestata dagli uomini blu.
Allora Fatima intervenne: – Principessa, se mi è permesso un consiglio, basterà che vi dipingiate la faccia di blu. Nessuno vi riconoscerà e non correrete rischi!

Alima lodò l'astuzia di Fatima, si fece tingere la faccia di blu e volle partir subito con Molud.
A dorso di dromedario, proprio grazie a quell'animale che aveva cosí disprezzato, Alima

attraversò il deserto, guidata da Molud. Infine arrivò alle dune Shegaga dove, in una semplice tenda, viveva la saggia del Sahara.
La donna, seduta su un tappeto, indossava un'ampia tunica e un turbante con un lembo di stoffa davanti alla bocca. Solo occhi, fronte e mani erano scoperti ed erano completamente blu.
Alima non rivelò chi era, le mostrò il callo, poi chiese:
– Tu conosci un rimedio per curarlo?
– Sí, signora, – rispose la fattucchiera. – C'è una pianta, capace di crescere anche nel deserto, che noi chiamiamo turza. Spezzandone una foglia fresca, se ne ottiene un succo bianco come latte che, spalmato sul callo, lo farà subito sparire.
– Puoi indicarmi questa pianta? Voglio subito provare! – disse Alima.
E la saggia le mostrò un piccolo cespuglio di turza, proprio dietro la sua tenda. – Però devo avvertirti, – spiegò, – se nello spezzare la foglia dovesse schizzarti negli occhi anche solo una goccia della sua linfa bianca, diventerai cieca e nulla potrà curarti!

Alima, che aveva già una mano sulla foglia, fece un balzo indietro terrorizzata ed esclamò sarcastica:
– Vale proprio la pena, diventar ciechi per curare un callo! Io non voglio correre questo rischio. Spezzala tu, che sei certo piú esperta, e guariscimi il piede. Saprò ricompensarti!
La fattucchiera allora sorrise e disse: – Mi pare che tu, principessa Alima, sia già cieca. Io ti ho subito riconosciuta, anche se hai la faccia blu. Tu invece... –
E cosí dicendo la saggia, che altri non era che la principessa Laila, si scoprí il volto e ne sfregò via il colore blu che lo ricopriva. Poi spezzò la foglia di turza e ne spalmò il succo sul piede della sorella. Subito il callo sparí.
– Ora però, – disse Laila, – dovrai perdere la testa, perché tre sono state le tue richieste e, come stabilito, te la farò tagliare.
A queste parole, Alima impallidí a tal punto che sbiadí persino il colore blu col quale si era camuffata. Poi si gettò ai piedi della sorella per implorarla, ma non ce n'era bisogno. Laila era buona e mai avrebbe fatto

uccidere Alima. – Vai! – le disse. – Per me sei libera di tornare al tuo palazzo!
Alima allora scoppiò in lacrime, tutta la durezza del suo animo sembrava svanita insieme a quel duro callo. Chiese perdono alla sorella e le propose di tornare con lei e di regnare insieme.
Laila tornò a corte e sposò il fido Molud, mentre Alima sposava l'emiro Abd el Sarik.
Laila però rimase sempre la principessa del deserto, a cui ritornava spesso per occuparsi con amore del suo popolo di nomadi, che anche oggi si chiamano uomini blu o Tuareg e ancora conoscono le proprietà e i pericoli della turza, una pianta che può render ciechi ma cura i calli.

La principessa pirata

A Sofia e Giacomo,
a Paola e Carlo.
E un pochettino
anche a nonna Margherita
e al generale Titino.

Io non voglio piú fare la principessa! – annunciò decisa Sofia la Grande. – Io voglio fare il pirata –. E cosí dicendo si tolse dal capo la coroncina dorata tempestata di zaffiri blu e verdi smeraldi e si legò in testa una bandana rossa a pois bianchi.

– Tu non puoi assolutamente fare il pirata! – protestò Giacomo II, il principe fratello. – Primo, sei una femmina e le femmine non possono fare il pirata. Secondo, sei una principessa e le principesse devono comportarsi da principesse!

– E cioè, secondo te, cosa dovrei fare? – chiese la principessa Sofia, molto aggressiva, senza togliersi la bandana da pirata.

– Be', puoi sempre continuare a esercitarti a fare

gli inchini, per esempio, – suggerí il principe fratello.
– Bella roba! C'è veramente da divertirsi a passar la vita a fare inchini, mentre tu puoi andare a cavallo, fare i tornei, le partite di caccia e i duelli, affrontare i draghi e salvare le principesse!
– Oh, se è per questo, allora tu puoi farti rapire dai draghi e farti salvare dai principi come me!
– Che poi mi daranno un bacio, puah, e mi vorranno sposare. E una volta sposata, lo sai cosa dovrò fare?
– Inchini?
– Inchini!
– Sí, forse hai ragione, – concesse Giacomo II, – non è divertentissimo fare la principessa!
– Molto piú emozionante fare il pirata, te lo dico io. Quelli, i pirati, passano la vita ad attaccare, fuggire, sparare, duellare, depredare, affondare, far bottino, bere rum, gridare a squarciagola «All'arrembaggio!» e cantare canzoni piratesche e stonate.
– Ehi, quante cose sai sui pirati! Come fa una principessa come te a conoscere tutte queste parole

piratesche? Dove le hai imparate? – chiese dubbioso Giacomo II.
– Sono una principessa informata! – asserí con molto orgoglio Sofia la Grande, che intanto si stava sfilando le scarpette lucide con la fibbia d'argento e gli sbarluccichini.
– E adesso cosa fai? – si preoccupò il principe fratello.
– Non lo vedi? Mi sto togliendo le scarpe. Sono maledettamente scomode e hanno dei tacchi cosí alti che, se casco giú, minimo minimo mi rompo una caviglia!
– Come? – si stupí Giacomo II. – Ma se ti piacevano

da matti e hai fatto il diavolo a quattro per averle! E poi mi meraviglio di te, le principesse non girano scalze, e specialmente non devono dire «maledettamente», non sta bene, non è educato. A cosa ti sono servite tutte le lezioni di *bon ton* che nostra madre la regina Paola ti ha fatto seguire per anni?

– Ad annoiarmi! Ma da questo momento non sarò piú una principessa, sarò un pirata! – dichiarò Sofia con un sorriso furbo.

– Il re Carlo nostro padre e la regina Paola nostra madre non credo ne saranno contenti, – sospirò Giacomo II scuotendo la testa.

– Adesso però sono in viaggio, in giro per il regno, e quando torneranno dovranno arrendersi all'evidenza, – concluse Sofia ben decisa. – Io non sarò piú la loro dolce principessina e sarò già salpata per il Mar dei Sargassi su una nave pirata.

– Ma allora fai sul serio?

– Certamente!

– Be', allora verrò con te. Penso che mi annoierei a fare il principe da solo.

Fu cosí che Giacomo II decise di seguire sua sorella in quell'avventura e di farsi pirata pure lui.
All'inizio Sofia la Grande storse il naso e protestò.
Gli disse anche parole dure e difficili da dimenticare, come: «Da quando sei nato non fai che imitarmi!», «Sai solo copiare!» e «Vuoi sempre fare tutto quello che faccio io!».
Sofia era la maggiore e i fratelli minori spesso imitano i piú grandi, che però li tiranneggiano.
Infatti Sofia disse: – D'accordo, potrai venire con me, ma sia chiaro, il capo sarò io! Sarò la principessa pirata Sofia dalla Lunga Sciabola, detta Sofia la Tempesta.
– Si dice «soffia la tempesta», con due effe, – puntualizzò Giacomo, ma l'ex principessa Sofia lo guardò come se avesse detto la cosa piú stupida di questo mondo.
Poi stabilí: – Tu invece sarai il mio nostromo Giacomo dal Corto Pugnale...
– Detto?
– Lo Sciocco!
– Rinuncio al soprannome, – si affrettò a dire Giacomo.
– Ma dove prenderemo questa sciabola e questo pugnale?

Re Carlo nostro padre non ha mai permesso che avessimo accesso alla sua sala d'armi.
– Ma io gli ho rubato la chiave! – E Sofia sfilò una lucida chiave da una delle ampie tasche ricamate del suo bellissimo abito da principessa.
– Oh! – esclamò Giacomo. Non aveva mai pensato che sua sorella fosse capace di tanto.
– E ora andiamoci a cambiare! – ordinò Sofia.
– E come ci vestiremo?
– Ma da pirati, naturalmente!
– Già, da pirati. Ma le sentinelle, le governanti e...?
Sofia lo interruppe mettendosi un dito davanti alla bocca e facendo: – Ssst, dormono!
Era vero: l'anziana governante dei principi, che tutti chiamavano nonna Margherita, dormiva sprofondata in una poltrona in un angolo. Le era caduto in grembo il lavoro a maglia che stava facendo e, con la bocca un po' socchiusa, russava leggermente.
– Li ho messi tutti a nanna con una polverina che ho fatto sciogliere nell'acqua.

– Narcotizzati? – chiese impressionato il principe Giacomo. – Tutti nel castello dormono?
– Sí, come nella fiaba della *Bella addormentata nel bosco*. Dormono tutti e dormiranno per un pezzo. Quando si sveglieranno, saremo già lontani, saremo già pirati!
– Ma dove andremo?
– C'imbarcheremo a Calais. C'è una nave che parte domattina per il Mar dei Sargassi. Intanto ci nasconderemo nella stiva, poi... ho già un piano.
Giacomo II fece un fischio d'ammirazione: – Hai pensato a tutto!
– A tutto! – confermò Sofia con orgoglio.
Quando si ritrovarono davanti alla grande porta serrata della sala d'armi, era difficile riconoscerli.
Sofia portava dei larghi pantaloni in seta di fattura orientale e aveva una fusciacca rossa legata in vita.
Al posto delle elegantissime ma scomode scarpette brillanti, portava dei morbidi stivali di pelle. Indossava anche una giacca molto elegante, di taglia un po' troppo abbondante per lei, viola con i polsini e gli alamari d'oro: era un pirata, sí, ma pur sempre una principessa pirata.

Giacomo aveva un abbigliamento piú rozzo: robusti calzoni al ginocchio, scarpe con la fibbia, maglia a righe un po' sbrindellata, una benda nera sull'occhio sinistro, foulard rosso al collo e un vistoso orecchino al lobo destro. Ma il copricapo era una vera meraviglia: un cappello a tricorno di velluto con una piuma colorata.
– Dove l'hai preso? – chiese Sofia, che indossava ancora la bandana rossa a pois bianchi e aveva rinunciato alle trecce per una piú comoda coda di cavallo.
– Nell'armadio di re Carlo nostro padre.
– Scambio di cappelli! – ordinò la principessa pirata.
– Sono io il capo e tu il nostromo, – e nel dir questo si tolse la bandana e la porse a Giacomo, che si era piazzato in testa tutte e due le mani a protezione del suo cappello.
– Non se ne parla nemmeno!
– Ti lascerò prendere un'accetta da lancio e una tenaglia, se mi dai quel cappello!
– Oltre al corto pugnale, – puntualizzò Giacomo II, ma ancora non toglieva le mani dall'elegante copricapo a tricorno.

– Potrei persino chiamarti Jack la Tenaglia! – gli offrí Sofia la Tempesta.
Jack la Tenaglia... non suonava male, era originale.
Giacomo II ci pensò su, un po' imbronciato, poi chiese:
– Mi lascerai anche sventolare la bandiera pirata?
– Santo cielo, – esclamò l'ex principessa, – me la stavo

dimenticando! – E si precipitò nelle sue stanze.
Ne ritornò con una stoffa nera arrotolata e la porse al fratello. Giacomo la srotolò e sullo sfondo apparve il classico teschio bianco con sotto le due ossa incrociate.

– Ma è la bandiera che nostro padre il re ha requisito al terribile pirata Barbanera quando l'ha fatto prigioniero! – esclamò Giacomo e la sventolò entusiasta. Poi si tolse il cappello, lo porse alla sorella e si legò in testa la bandana a pois.
– Come sto? – chiese alla fine dell'operazione.
– Perfetto, nostromo! E ora alle armi! – gridò la principessa pirata aprendo la grande sala con la chiave che aveva rubato.
Senza una parola, Giacomo e Sofia si armarono fino ai denti e la principessa pirata provò anche due mosse, impugnando una meravigliosa sciabola e accennando qualche colpo e un affondo.
– Sofia, – protestò debolmente Giacomo, – ma quella è la

spada con cui nostro padre deve recarsi in Cina dall'imperatore Kublai!

– Oh, – alzò le spalle Sofia, – se ne farà forgiare un'altra ancora piú bella. Su, non perdiamo tempo, è ora di partire. Prenderemo Perla e Piripicchio.

– I cavalli di papà e del suo generale Titino?

– Quelli! Sono i piú veloci.

– Sei sicura che non ti disarcioneranno? Tu hai sempre cavalcato solo puledri docili da principesse.

– Adesso sono un pirata! – affermò Sofia senza nessuna paura.

Fratello e sorella scesero nelle scuderie, sellarono da soli i due cavalli, perché anche gli stallieri e i garzoni dormivano della grossa, e poi... via al galoppo! Gli zoccoli di Perla e Piripicchio risuonarono sulle tavole

del ponte levatoio e i due ex principi si allontanarono in una nuvola di polvere verso la loro nuova vita piratesca. Prima dell'alba erano a Calais e fecero anche in tempo a vendere le due meravigliose cavalcature, ricavandone parecchi dobloni, prima d'imbarcarsi come previsto. L'*Orca Ingorda*, una veloce nave a due alberi, era in rada pronta a salpare per il Mar dei Sargassi.
– Come faremo a salire non visti? – chiese Giacomo preoccupato. – Con questi abiti diamo piuttosto nell'occhio. Forse era meglio imbarcarci vestiti da principi e cambiarci dopo.
– E bravo Giacomo dal Corto Pugnale detto lo Sciocco! Cosí ci avrebbero tagliato la gola e derubato di dobloni e vestiti prima ancora che fossimo riusciti a metter piede sul molo.
Giacomo arrossí, quindi, con sguardo torvo, si sfilò dalla cintura la tenaglia e agitandola minacciosamente sibilò:
– Non chiamarmi mai piú cosí o la testa te la ritroverai staccata comunque!
Sofia, anziché reagire, scoppiò a ridere: – Questo sí che è parlar da pirati! Ma bravo Jack la Tenaglia!

Jack fece un sorriso spavaldo e orgoglioso, poi si guardò intorno: sul molo e a bordo dell'*Orca Ingorda* si davano da fare dei veri ceffi da galera che stavano caricando botti, provviste e balle di merci di ogni tipo.
– Hai ragione, questa non mi sembra gente molto raccomandabile. Avremmo certo dato piú nell'occhio vestiti da principi. Probabilmente ci avrebbero rapiti. Questi marinai sembrano pirati.
– Sicuramente ci avrebbero rapiti, perché questi marinai sono pirati! – puntualizzò l'ex principessa Sofia.
– Pirati? Ci stiamo imbarcando su una nave pirata?
– Corsara, per la precisione, – gli confidò Sofia. – L'*Orca Ingorda* è il terrore dei sette mari e naviga in lungo e in largo protetta dalle lettere di corsa del re di Francia.
Giacomo fece un fischio. Fare i fischi era la sua specialità.
– Chi la comanda? – chiese poi.
– Ora Lanciafiamme il Lercio, ma fra poco la comanderà Sofia la Tempesta!
– Quindi sei decisa a salire su una nave pirata! Ma ti pare prudente? – chiese Giacomo, anzi Jack.

– Pratico! – tagliò corto Sofia. – Pratico, se si vuole fare i pirati. Ma non preoccuparti, ho un piano, te l'ho detto.

– Spiegamelo!

– Dopo. Prima dobbiamo salire a bordo senza farci notare e nasconderci nella stiva.

– Mica facile! – fece Jack guardandosi intorno: il molo brulicava di pirati che facevano avanti e indietro sulla passerella dell'*Orca Ingorda* ultimando il carico.

– Ho un piano anche per questo... – sussurrò Sofia e lo spiegò al fratello.

D'accordo con l'oste che doveva rifornire di rum la nave, aveva ottenuto che due delle grandi botti fossero vuote e lí dentro si sarebbero nascosti.

I pirati, ignari, li avrebbero caricati a bordo. – È un po' come il cavallo di legno della guerra di Troia! – concluse.

– Ma come hai fatto a convincere l'oste?

Sofia sfregò il pollice contro l'indice. Il gesto era chiaro: denaro. Col denaro era tutto facile.

– La corruzione sarà la nostra arma segreta. Servirà bene a qualcosa essere principi! – dichiarò l'ex principessa

facendo tintinnare alcuni dobloni che teneva in una sacca appesa alla cintura.

– Ne hai molti? – chiese Jack.

– Parecchi. Un po' sono il ricavato della vendita dei cavalli e un bel po' li ho presi a palazzo prima di partire. Nonna Margherita dormiva e ne aveva una borsa piena. Sai, nostra madre la regina l'aveva incaricata di comprare damaschi per far rivestire i divani nella sala dei concerti.

Jack assentí con aria grave: cominciava a capire il piano della sorella.

Andarono quindi a infilarsi nelle due botti vuote, che erano state contrassegnate con una crocetta rossa.

Poi, zitti e immobili, aspettarono al buio di venir caricati a bordo tra le provviste di rum.

Solo piú tardi, quando il rollio della nave fece capire che ormai erano salpati, e il silenzio era tale da far supporre che nella stiva non ci fosse piú anima viva, Sofia sollevò piano

il coperchio della sua botte e sbirciò attorno.

Nessuno in vista. Allora sgusciò fuori e bussò contro le doghe di legno della botte dov'era rinchiuso il fratello per dargli il segnale di via libera.

Jack saltò subito fuori sbuffando: – Per tutte le balene, si stava ben stretti e scomodi lí dentro!

– Indubbiamente è piú morbido e comodo il trono

imbottito di papà. Vuoi forse tornare a palazzo? – chiese sprezzante la principessa pirata.
– Per tutte le bombarde scoppiate, non ci penso nemmeno, capitano!
– Ben detto, nostromo! Ma come puzzi! – esclamò Sofia turandosi il naso.
– Le botti di rum non olezzano certo come il profumo alla violetta di nostra madre la regina. Vuoi forse tornare a palazzo?
– Per tutte le triglie marinate, non ci penso nemmeno, nostromo!
– Ben detto, capitano! Qual è la prossima mossa?
Sofia la Tempesta si sfilò allora dalla cintura la borsa piena di dobloni e la fece ondeggiare davanti al viso del fratello.
– Lo immaginavo! Corruzione? – chiese Jack con un sorriso furbo.
– Ammutinamento a pagamento! – confermò la principessa pirata.
Nei giorni seguenti avvicinarono, uno dopo l’altro, i pendagli da forca che costituivano l’equipaggio

dell'*Orca Ingorda* e a ognuno fecero la loro generosa proposta: dieci dobloni d'oro a testa, se si fossero ammutinati e avessero buttato a mare Lanciafiamme il Lercio per poi passare agli ordini del nuovo capitano, Sofia la Tempesta, e del suo nostromo, Jack la Tenaglia.
Fu tutto piú semplice del previsto.
I pirati, che hanno però un codice d'onore, pretesero di abbandonare il loro capitano su un'isola deserta con un solo colpo in canna, come prevedono le regole della filibusta. Lanciafiamme il Lercio non venne dunque gettato a mare, ma lasciato su un isolotto minuscolo le cui acque pullulavano però di squali famelici.
Dalla riva il vecchio capo pirata lanciò maledizioni e parolacce cosí terribili, indirizzate specialmente al nuovo capitano, che Sofia arrossí e si turò le orecchie: adesso era un pirata, è vero, ma era pur sempre stata per anni un'educata principessa.
Quella notte a bordo si ballò, si cantò e si bevvero fiumi di rum per festeggiare il nuovo capitano e il suo nostromo. Blum, un pirata che suonava e cantava, compose anche una nuova ballata che faceva cosí:

«Facciamo festa, facciamo festa
per Sofia detta la Tempesta!
Come un sol uomo, come un sol uomo,
noi festeggiamo pure il nostromo,
che spara e uccide, che assale e taglia,
evviva, evviva Jack la Tenaglia!».

A notte fonda, cullati dalle onde, fratello e sorella rimasero a lungo sul ponte a guardare la luna che si specchiava nel mare formando una scia luccicante. Poi fecero un ultimo brindisi.

– Viva la pirateria! – esclamò Sofia, poi continuò:
– Viva i pirati, i corsari, i filibustieri! Viva i capitani e i nostromi, i mozzi e i timoni, le vele e i galeoni...

– ... e i dobloni, i dobloni, i dobloni! – terminò Jack un po' barcollante per il troppo rum bevuto.
Era iniziata una nuova vita.
Dopo molti giorni di navigazione, l'*Orca Ingorda* entrò nel Mar dei Sargassi.
– Issate le vele di mezzana! – urlò Sofia la Tempesta che aveva visto cambiare il vento. Comandava l'*Orca Ingorda* con abilità e sicurezza, come se in vita sua non avesse mai fatto altro. – Ci prepariamo ad attaccare un galeone spagnolo che incrocia in queste acque con un ricchissimo carico, – annunciò alla ciurma.
Ai pirati brillarono gli occhi.
– Polvere ai cannoni e tutti ai posti di combattimento! – ordinò Jack la Tenaglia. Anche l'ex principe Giacomo II si era trasformato in un vero lupo di mare.
La nave spagnola, che si chiamava *El Torero*, venne avvistata, abbordata e colpita.
– All'arrembaggio! – gridarono Sofia e Giacomo lanciandosi per primi sul ponte, appesi ciascuno a una corda. Entrambi tenevano un pugnale tra i denti.

La principessa pirata si batté come una vera tempesta a capo dei suoi uomini, e la sua sciabola non perdonava.
Jack menava colpi di coltello e, specialmente, strappava dita e nasi con la sua ormai proverbiale tenaglia.
La battaglia fu violenta ma breve. Gli spagnoli superstiti si arresero terrorizzati.
La nave *El Torero*, che era stata colpita in una fiancata, si stava rapidamente riempiendo d'acqua e s'inclinava pericolosamente.
Subito il bottino venne recuperato e portato a bordo dell'*Orca Ingorda*.
– Stanotte si farà festa! – annunciò Sofia alla ciurma eccitata.
– Non credo, capitano! – disse il nostromo. – Vi prego di guardare all'orizzonte –. E porse alla sorella il suo cannocchiale sussurrando: – Una tromba marina, laggiú!

– Corpo di mille balene! – esclamò la principessa pirata. Era vero: ancora lontana, ma ben visibile all'orizzonte, si alzava una vorticosa colonna d'aria e d'acqua. – Si dirige verso di noi!

– Purtroppo, capitano!

– Prepariamoci ad affrontare la tempesta! – gridò Sofia.

– La Tempesta sei tu, oh nostro capitano! – gridarono in risposta i pirati, che ancora non avevano capito quale pericolo li attendesse.

– Anch'io, temo, dovrò arrendermi al tornado che ci aspetta, – sussurrò Sofia, spaventata, all'orecchio del fratello.

– Non far capire ai nostri uomini che hai paura! – le intimò Jack.

– Io non ho paura! – si offese l'ex principessa.

– Mi pareva! – la canzonò Jack.

– Ti sei sbagliato! – protestò Sofia.

– Comunque non è il momento di litigare! – tagliò corto il fratello. – Prepariamoci al peggio!

E il peggio arrivò.
Fino all'ultimo sperarono che la tromba marina cambiasse direzione, ma quella maledetta spirale scura e minacciosa sembrava attratta dall'*Orca Ingorda* come da una calamita.
Si scatenò l'inferno: fulmini, tuoni, onde gigantesche, un vento furibondo che strappava a brandelli le vele e acqua, acqua... valanghe d'acqua.
– Aiuto, annegheremo! – urlavano Giacomo e Sofia stringendosi l'uno all'altra.
A Giacomo parve di sentire la voce acuta di sua madre la regina Paola che urlava: – Santo cielo, cosa sta succedendo?
A Sofia parve di sentire la voce profonda e arrabbiata di re Carlo suo padre che si chiedeva: – Da dove arriva tutta quest'acqua?
E si udí anche la voce confusa di nonna Margherita:
– Oddio, cosa avranno combinato quei due? Devo essermi addormentata!
Poi tutti e tre – il re Carlo, la regina Paola e la vecchia governante – aprirono come un sol uomo la porta del bagno reale del castello, con l'acqua alle caviglie.
Dalla vasca stracolma straripava acqua a cascate,

e altra continuava a uscirne dai rubinetti, forgiati come teste di cigno. La regina Paola si precipitò a chiuderli strillando: – Cos'è questo disastro?
– Una tempesta... – cominciò timidamente il piccolo Giacomo.
– ... nel Mar dei Sargassi, – terminò la principessina Sofia mettendosi un dito in bocca, come faceva ancora quando capiva di averla combinata grossa e che stava per arrivare una solenne punizione.
Nella grande vasca da bagno d'oro beccheggiava ancora, scosso dalle onde, un bel modellino di nave a due alberi e un altro modello di nave spagnola galleggiava rovesciato a testa in giú. Erano i giocattoli che Giacomo II aveva ricevuto in dono quando aveva compiuto cinque anni.
I due piccoli principi, che avevano combattuto e scatenato la tempesta nella vasca, travestiti da pirati, erano scarmigliati e con gli abiti inzuppati d'acqua.
– Eppure prima erano tranquilli! La principessina Sofia si stava esercitando negli inchini... – cercò di scusarsi nonna Margherita.

– Ero stufa di fare la principessa! – annunciò Sofia mettendo il broncio.

– Lo vedo! – disse re Carlo, a cui scappava da ridere a vedere sua figlia con quel cappellone piumato, sciabola in mano, e il piccolo Giacomo con la benda nera calata a nascondergli mezza faccia.

Si era all'improvviso ricordato di quando anche lui, da bambino, aveva giocato ai briganti o ai pirati. Ma adesso era un re e un padre severo: non doveva assolutamente mostrarsi divertito. Fece quindi una faccia cosí scura e feroce, che il piccolo Giacomo andò a nascondersi tra il water d'oro massiccio che pareva un trono e il bidè a forma di conchiglia, tempestato di smeraldi.

– Rendimi quella sciabola, che domani parto! – intimò poi a sua figlia.

– Vai dall'imperatore della Cina Kublai? – chiese Sofia, a cui sembrava una buon'idea cambiare argomento, mentre la regina si metteva le mani nei capelli e la governante si affannava a tirar su acqua con stracci e secchi. – E tu, mamma, cos'hai da fare?

– Devo andare in visita dalla principessa di Colle Fiorito e poi alla festa della principessa di Lago Chiaro. Ma siccome anch'io mi sono un po' stancata di tutte queste principesse, – sbuffò la regina Paola, – adesso mi trasformerò nella terribile piratessa Paola Castigatutti! La principessina Sofia, ex pirata, capí in quel momento che una bella sculacciata non gliel'avrebbe tolta nessuno.
– Una principessa pirata non piange, ricordatelo! – le sussurrò Giacomo II facendo capolino tra il water d'oro e il bidè.

La principessa Ma Perché

A Silvia, perché...
questo libro è per me!

Ma perché la principessa Alice domandava sempre perché?

Be', questo non ve lo so dire, perché mica a tutti i perché si riesce a rispondere. Quel che è certo è che la principessa Alice, appena aveva cominciato a parlare, subito aveva iniziato a far domande, a chiedere la ragione di questo e di quello, interessata a conoscere il perché di ogni cosa.

– Che bambina curiosa! – esclamava la regina sua madre.

– Fare tante domande denota una bella intelligenza! – si compiaceva il re suo padre.

All'inizio era facile rispondere alle domande di Alice, che erano semplici come quelle di tutti i bambini, solo molto piú numerose, quasi continue.

– Perché alla sera viene buio?

– Perché il sole va a dormire, – le rispondeva la regina, mettendola a letto e rimboccandole le lenzuola.
– Perché la barba del nonno è bianca e la tua è nera? – chiedeva a suo padre.
E il re le spiegava: – Per la vecchiaia. Quando si diventa anziani, tutte le barbe perdono il loro colore, nero, rosso o biondo, e diventano bianche.
– Ma perché si diventa vecchi?
E qui la domanda di Alice era già piú difficile e dovevano spiegarle che il tempo passa e passano gli anni e si cambia: prima si cresce e poi s'invecchia.
Ma Alice non sembrava mai contenta delle risposte e a ogni domanda ne seguiva un'altra: – Perché il sole al tramonto diventa rosso? Ma perché la luna a volte è tonda, a volte uno spicchio e certe notti non si vede affatto?
Crescendo Alice, crescevano anche le sue domande, aumentando di numero e complessità.

– Perché se lancio una piuma o una

palla dalla finestra della torre del castello, la palla cade e non galleggia per aria o non vola come gli uccelli? E perché la palla arriva a terra prima della piuma? – domandava per esempio la principessina.
A questo punto il re, piú irritato che compiaciuto da tutte queste domande, prese una decisione: – È ora di affidarla a dei maestri sapienti! – E fece chiamare a corte i migliori filosofi e scienziati, dotti letterati e insigni matematici.
– Ma caro, credi le sarà utile sapere tutto sulla forza di gravità e roba simile? In fondo è una principessa, e da una principessa ci si aspetta che sappia cucire e ricamare, danzare e imbellettarsi, fare l'inchino e suonare il pianoforte o l'arpa!
Ma Alice del pianoforte voleva sapere prima di tutto perché avesse dei tasti bianchi e altri invece neri, e della danza perché i balli popolani fossero diversi da quelli di corte.
All'inizio i sapienti furono in grado di rispondere alle sue domande.
Se la principessa Alice chiedeva perché gli alberi crescono anche senza mangiare bistecche, e voleva sapere di cosa

si nutrono, c'era chi le spiegava la funzione delle radici e persino la fotosintesi clorofilliana.

Se chiedeva perché i pesci non annegano in mare, un esperto di scienze le spiegava la differenza tra le branchie e i polmoni. E se chiedeva perché la luna non cade dal cielo e a volte è tonda e altre volte soltanto uno spicchio, un astronomo era pronto a parlarle delle fasi lunari e della rotazione dei pianeti.

Ma un giorno anche i dotti piú dotti e i saggi piú saggi si trovarono in difficoltà davanti alle domande sempre piú incalzanti e stravaganti della principessa.

– Perché la fragola è rossa e il limone è giallo? Ma perché l'acqua bagna e il fuoco brucia? Perché la rana salta, il fringuello vola e il serpente striscia? E perché il gatto miagola e non abbaia e il topo squittisce e non raglia?

– Perché, perché... perché due piú due non fa tre! – le rispose spazientito il Gran Maestro Baldassarre, uno dei suoi insegnanti, grande esperto di scienze e matematica. Non l'avesse mai detto! Subito la principessa Alice

gli chiese: – Oh, Maestro Baldassarre, ma perché... perché due piú due non fa tre?
Allora intervenne Uranòs Socratis, che era un grande filosofo: – Principessa, non proprio tutto si può spiegare, il mondo è vasto e vario, abitato da infinite creature, ognuna con una propria voce, alcune anche mute...
– Ecco, – lo interruppe Alice, rivolgendosi di nuovo a Baldassarre, – a proposito, Maestro, perché il grillo canta e la pulce è muta: non sono forse entrambi insetti?

A quest'ultima domanda, il Gran Maestro Baldassarre sospirò, si deterse il sudore e dichiarò: – Io mi licenzio!

Poi si recò dal re per dare le sue dimissioni.

Molti altri sapienti l'avevano già fatto in precedenza, e molti altri lo fecero in seguito, perché ogni risposta non faceva che moltiplicare le domande della principessa. Alla fine, anche i piú acuti e geniali si sentivano confusi e ad alcuni fumava addirittura la testa per il troppo pensare e ragionare, rispondere e spiegare.

Albertus Alfabertus, conoscitore di ogni lingua e letteratura del mondo, lasciò il castello con un singhiozzo cronico che non gli permetteva piú di pronunciare una sola parola di una qualsiasi lingua, se non inframmezzata da almeno due singulti.
Il grande matematico Archimede Ottoperotto venne portato via in lettiga, mentre dava letteralmente i numeri! A causa di un'emicrania feroce e continua non si reggeva piú in piedi e declamava le tabelline, come una litania, ma tutte sbagliate: – Due per uno dieci, due per due sette, due per tre dodici, due per quattro... oh la mia povera testa!
Tutti ormai avevano soprannominato Alice «la principessa Ma Perché», e anche le amiche resistevano poco in sua compagnia, poiché Alice le assillava con i suoi perché spesso assurdi. Solo tre, per affetto, continuarono a frequentarla: la contessina Carlotta, la marchesa Marisa e la duchessa Dulcinea, ma non restavano mai troppo a lungo con Alice.
Il fatto è che piú cose la principessa conosceva, piú si sentiva insoddisfatta, poiché le pareva che le risposte non fossero mai sufficienti e definitive, e nella sua testa

facevano nascere altri mille perché, compreso questo: «Perché sono cosí infelice?», dato che le sue domande erano diventate un tormento anche per se stessa.
Era ormai una bella ragazza e veniva invitata a feste e gran balli. Fu a uno di questi, nel castello della duchessa Dulcinea, che nel bel mezzo di una danza, Alice si disse: «Ma perché devo soffrire cosí, in bilico su queste scomodissime scarpette coi tacchi a spillo, soffocata dentro un bustino strettissimo, con le stecche di balena che mi torturano la pelle?».

Era questa, c'è da dire, una domanda abbastanza sensata, perché se pensate che la vita di una principessa sia tutta rose e fiori, e i balli di corte un gran divertimento, vi sbagliate di grosso! Per essere alla moda, con un vitino di vespa, alte e slanciate, le principesse si sottopongono a vere torture e girano sempre con i sali a portata di mano, in caso di svenimenti.

La principessa Alice, con tutte quelle piroette di valzer, si sentiva girare la testa e aveva la nausea, perché il bustino le comprimeva terribilmente lo stomaco facendole mancare l'aria. Insomma, stava per svenire, e cosí smise di danzare e si precipitò nel parco che circondava il castello. Qui si slacciò il bustino, scalciò lontano le scarpe col tacco a spillo e corse scalza nei prati.

A un tratto vide un giovane, bello ed elegante, seduto su una panchina sotto una grande quercia. Aveva tra le mani un libro e stava leggendo.

– Scusate, vi disturbo? – chiese Alice, crollando a sedere sulla panchina, col cuore che le batteva forte per la lunga corsa.

– Tutt'altro, – rispose il giovane che, non appena aveva posato gli occhi su di lei, si era sentito infiammare d'amore: un vero colpo di fulmine!
– Principessa Alice, piacere, – si presentò lei.
– Principe Nicola, il piacere è tutto mio! – si presentò lui.
Alice aveva già sentito parlare di questo principe Nicola: si diceva che fosse un tipo piuttosto originale, appassionato di libri, che non solo non amava il ballo e la caccia, ma che neppure sapeva danzare, e addirittura non era mai montato a cavallo. Un'altra particolarità Alice la notò subito: il principe Nicola non indossava il classico mantello azzurro, ma un mantello giallo.
I due si misero a chiacchierare e il principe Nicola, che si considerava dotto perché aveva letto migliaia di libri, restò stupito dalle conoscenze della principessa, che sapeva molte piú cose di lui e gli poneva domande alle quali proprio non sapeva rispondere.
Alla fine, travolto da tutti quei perché, il principe disse:
– Ora posso farti una domanda io?
– Certamente! – gli concesse Alice e, con enorme

stupore, si sentí domandare: – Principessa Alice, vuoi concedermi la tua mano?
– Vuoi sposarmi? Ma perché?
– Perché mi sono innamorato di te!
– Innamorato di me? Ma perché? – chiese ancora Alice.
– L'amore non ha un perché, mia cara Alice! Si sente e basta, e io sento di amarti con tutto il cuore! – disse Nicola.
– Non ha un perché? Allora è una cosa che non m'interessa! – concluse Alice lasciando il giovane deluso ed esterrefatto.
– Dunque tu non sei affatto innamorata di me, – sospirò infine il principe Nicola.
– Ma perché dovrei amarti? – chiese Alice.
Il principe scosse la testa sconsolato, si alzò dalla panchina, fece un inchino alla principessa e pure un baciamano, posandole per un attimo sul dorso della mano le sue fresche labbra. Quindi la salutò dicendo: – Se per caso cambi idea, sai dove trovarmi, nel mio castello a Colle Dorato.

– Se troverò un motivo valido per sposarti, te lo farò sapere, – concluse Alice, salutandolo, e si sentí triste a vederlo andar via, ma non capiva proprio il perché.
Tornò quindi alla festa che si svolgeva nei saloni del castello dell'amica Dulcinea, e subito chiese alla duchessa di appartarsi con lei e con le altre due amiche, la contessina Carlotta e la marchesa Marisa, perché aveva urgenza di parlare con loro.
– Ho ricevuto una proposta di matrimonio! – confidò la principessa Alice, non appena si ritrovarono sole in un salottino appartato.
– Oh, mia cara, che novità eccitante! – cinguettò la contessina Carlotta che era molto romantica e parecchio pettegola.
E anche la duchessa Dulcinea e la marchesa Marisa si mostrarono assai curiose e interessate, perché una delle cose che preferivano fare, come molte fanciulle della loro età, era fantasticare e parlare d'amore.
– Chi è, dunque, chi è l'uomo che ha chiesto la tua mano? – la incalzò Marisa.
– Il principe Nicola, – svelò allora Alice.

«Oh!», «Ah!», «Uh!» esclamarono le tre amiche, com'era doveroso fare.
– E tu... tu lo ami? – chiese la contessina Carlotta sbattendo gli occhioni azzurri e arrossendo un poco.
– Ma perché dovrei amarlo? È per questo che volevo parlarvi. Ditemi voi, amiche mie, perché dovrei sposarlo oppure perché non dovrei sposarlo.
Le tre si guardarono l'un l'altra. Poi la duchessa Dulcinea, che era una che ci teneva alle tradizioni, sbottò:
– Per me non devi sposarlo perché non è un principe azzurro! Io non sposerei mai un principe giallo, che inoltre non sa neppure andare a cavallo! Una vergogna!
La contessina Carlotta allora scosse il capo e intervenne:
– Io invece, se fossi in te, accetterei subito la sua proposta di matrimonio, perché lui ti ama e perché è molto bello.
– E ricco! E pure principe, che non guasta mai! – s'inserí nella conversazione la marchesa Marisa, una che badava al sodo. – Colle Dorato è un posticino niente male!
– Ma il principe Nicola è basso. Carino, begli occhi e bel viso, ma decisamente basso! – s'intromise la duchessa Dulcinea. – L'altezza non è all'altezza di Sua Altezza,

Se avesse potuto pronunciare una parola avrebbe solo detto: «Bello!».

Nella notte sentí il grido della civetta e al mattino il canto dell'allodola e li ascoltò entrambi, senza chiedersi perché le voci di quegli uccelli fossero cosí diverse l'una dall'altra.

E quando vide un serpente strisciare e una rana saltare, se non fosse stata muta, avrebbe solo detto: «Va proprio bene cosí!».

Continuò a camminare, godendo del fresco dell'acqua di un lago, dove lavò le vesti e fece un bagno, e poi del caldo di un fuoco che accese per asciugare gli abiti, e non si chiese affatto, come faceva di solito: «Ma perché l'acqua bagna e il fuoco brucia?».

Ogni cosa la stupiva come se fosse stata la prima volta che la vedeva e, nel silenzio senza perché, tutto era perfetto cosí com'era.

Dopo altre giornate di passi e di silenzio, di silenzio e di passi, alla fine vide, in lontananza, in cima a un colle che nella luce pomeridiana pareva dorato, un castello

d'oro zecchino ancor piú luccicante. Quello era il castello del principe Nicola e, solo a pensare al giovane principe che lo abitava, Alice si sentí battere forte il cuore, anche se non aveva fatto nessuna corsa.
Questa volta non ebbe dubbi: era un'emozione nuova a farle battere il cuore e quell'emozione si chiamava amore... amore e basta, senza un perché. Senza un perché voleva rivederlo presto, ascoltare la sua voce che le parlava di libri, sentire ancora le sue fresche labbra

che solo una volta si erano posate sulla sua mano, delicate e lievi come il volo di una farfalla. E non le importava nulla che fosse un po' basso e non sapesse andare a cavallo, che non danzasse e avesse un mantello giallo. Desiderava solo sentirgli dire ancora una volta e poi tante altre: «Sento di amarti con tutto il cuore», e anche lei voleva dirglielo una volta e altre mille ancora.
Cosí salí il colle per raggiungere il castello, ma dopo una mezz'ora di cammino vide venirle incontro una regale carrozza trainata da sei splendidi cavalli bianchi. A bordo c'era il principe Nicola che, dall'alto della torre piú alta, l'aveva vista arrivare guardando nel suo cannocchiale. Ogni giorno, da quando le aveva dichiarato il suo amore ed era stato respinto, il principe saliva sulla torre piú alta e scrutava l'orizzonte nella speranza di vedere arrivare la principessa Alice, confidando che lei avesse cambiato idea e si fosse decisa ad accettare la sua proposta di matrimonio. Mai però avrebbe immaginato di vederla arrivare sola e a piedi, senza una carrozza e un seguito.
– Mia cara Alice, cosa fai qui, sola e cosí stanca? Non avrai fatto tutto il viaggio dal tuo castello al mio a piedi!

Alice avrebbe voluto rispondere, ma poiché non era ancora giunta al castello di Colle Dorato, la magia di Uranòs Socratis non si era ancora spezzata: era sempre muta.
Trovò comunque il modo di dare una risposta al principe: gli diede una carezza sul viso, poi un bacio, e infine lo prese per mano.
Questa risposta a Nicola piacque e bastò. – Povera cara, – disse, – sei senza fiato per il troppo camminare!
Quindi la fece salire e accomodare in carrozza, dicendole:
– Riposati, in poco tempo saremo al castello dove le mie ancelle si prenderanno cura di te, potrai fare un bel bagno caldo e cambiarti.
Alice sospirò contenta e fece sí con la testa, perché di piú non poteva fare, quindi l'appoggiò sulla spalla del principe Nicola e chiuse gli occhi.
Il principe non disse piú niente per non disturbarla ma, arrivati al castello, le domandò: – Posso chiederti, Alice, perché hai cambiato idea?
– L'amore non ha un perché, mio caro Nicola!
Si sente e basta, e io sento di amarti con tutto il cuore! –

Era la prima frase che la principessa pronunciava dopo tanti giorni: la magia si era sciolta, i pensieri pieni di interrogativi anche... e si era sciolto pure il suo cuore!
La principessa Alice e il principe Nicola si sposarono e vissero felici e contenti.
– Perché? – direte voi.
Perché, perché... due piú due non fa tre, e perché cosí finiscono tutte le fiabe.

INDICE

Principesse Favolose

1. La principessa che leggeva troppe storie di principesse
2. La principessa Non Voglio e il principe Voglio
3. La principessa Belbignè e il principe Pennello
4. La principessa Mille Dispetti
5. La principessa Tosca e la strega Fosca
6. Un regno per due principesse
7. La principessa pirata
8. La principessa Rocca e la magia delle fate
9. Virginia, principessa litigiosa
10. La principessa coccinella
11. Una principessa combinaguai
12. La principessa Ma Perché

Finito di stampare nel mese di maggio 2012
per conto delle Edizioni EL
presso Gruppo Editoriale Zanardi S.r.l., Maniago (Pn)